うるさい!うるさい!

上田よう子

幻冬舎MC

うるさい！　うるさい！

目次

カバーイラスト　モカ子

幼稚園《ようちえん》バスから降《お》りてきたてっちゃんが、バスの友達《ともだち》にバイバイを言いながら家に向《む》かって走り出し、家に着《つ》くとれいぞうこを開《あ》けてジュースをゴクリ。

それからしばらくクレヨンでらくがきをしていると、外から友達《ともだち》のかっちゃんの声が聞《き》こえてきました。

「おーいてっちゃん、遊《あそ》ぼうぜ！」

かっちゃんは、学校から帰ってくるとサッカーボールをもっていつもてっちゃんをよびます。

うるさい！　うるさい！

かっちゃんのとなりには幼稚園《ようちえん》でピアノを習《なら》っている弟のこうくんもいます。ふっくら太って優等生《ゆうとうせい》のおさむくんはかっちゃんと同じ一年生。いつもこの四人でサッカーをするのです。

サッカーが終《お》わるとおにごっこをしたり、ゲームをしたりします。

四人でいると楽しくって、ワッハッハ、ギャッハッハと笑《わら》い声がひびきます。

そんな様子《ようす》をそーっとまどから見ている子がいます。近所《きんじょ》にこしてきたあつしくんです。

次《つぎ》の日ママがごみすてに行った時にけいじばんで、

『子どもの笑《わら》い声うるさいのできんし！』

と書かれたはり紙をみつけました。

ママは、てっちゃんに言いました。

「うるさくしちゃダメよ」

「えーっ」

てっちゃんは、しかたなく家のなかでピアノの練習《れんしゅう》をしました。

ポロロン、ポロロン。だんだんのってきて、ジャジャジャジャジャーン！

次《つぎ》の日ママがゆうびんぶつを見に行った時にけいじばんで、『ピアノのレッスン、うるさいのできんし！』と書かれたはり紙をみつけました。

歌をうたっていたら、

『うたうのきんし！』
たいこをたたいたら、
『ドラムきんし！』
何から何までうるさいから禁止《きんし》とはり紙がはられます。
てっちゃん、かっちゃん、こうくん、おさむくんは、会議《かいぎ》を開《ひら》きました。
「うるさい！って言う方がうるさいよ。あったまくるな」
とかっちゃん。

「赤ちゃんが寝《ね》てるのかもしれないよ」

とおさむくん。

「そうだね、夜働《はたら》いて、昼間寝《ね》てるのかもしれないって、ママが言ってた」

とこうくん。

「でもおもいっきり笑《わら》いたい、遊《あそ》びたい、うたいたいよね」

とてっちゃん。

「どうすりゃいいんだ」

みんな考えました。

ある日てっちゃんが犬の散歩《さんぽ》をしていたら、あつしくんが公園で一人でサッカーをしていました。

それがとてもうまくて、びっくりしました。

「あつしくん、すごくうまくてびっくりしたよ」

「へへへ、ひっこしてくる前はレギュラーだったんだ」

そういえばあつしくんが学校の校庭《こうてい》でサッカーのゴールに

シュートを決《き》めているのをよく見かけたと、かっちゃんが言っていたなと、てっちゃんは思い出しました。

「こんどいっしょにサッカーしようよ」

「いいの？」

「もちろんいいよ」

「ひみつの公園知ってるんだ。すごく広くておもいきり遊《あそ》べるところ」

とあつしくん。

てっちゃんの目がかがやきました。

「どこ、どこ?」

「三丁目《さんちょうめ》のかどを曲《ま》がったところさ」

二人は、坂《さか》みちを上ってずっと歩いてひみつの公園につきました。てっちゃんがいつも犬の散歩《さんぽ》をする道と逆方向《ぎゃくほうこう》の道でした。

「こんなところにこんな楽しい公園があったんだ」

二人は少し遊《あそ》んでいっしょに帰りました。

次の日、こんどはあつしくんも入れて五人でひみつの公園に行きました。
おもいっきり走って、ジャンプして、笑《わら》って、へとへとになって。
あつしくんは、かっちゃんよりずっとサッカーが上手でした。
五人で遊《あそ》んだ帰り道、夕やけがやけにきれいでした。
その日からけいじばんにはり紙がはられなくなりました。

はり紙をはったはんにんは、あつしくんのママだったのでした。

タイガの長い食べもの

タイガは幼稚園《ようちえん》の年長さん。幼稚園《ようちえん》のお弁当《べんとう》の時間が大きらいです。

ママが栄養《えいよう》を考えていろいろ作ってくれるけど、タイガは好《す》きなものしか食べず、ほとんど残《のこ》してしまいます。

家でも夕飯《ゆうはん》にママがお皿《さら》の上にハンバーグとレタスとプチトマトとフライドポテトをのせたら、フライドポテトしか食べません。

小学三年生のお姉ちゃんのシズカはしっかりもので、そん

なタイガに、

「野菜《やさい》を食べなきゃだめよ」

と注意《ちゅうい》します。

でも、タイガは、

「オレンジジュース飲《の》んでるから大丈夫《だいじょうぶ》だもん」

と言うことを聞きません。

「ママはあんたの体を心配《しんぱい》してるのよ。野菜《やさい》を食べなきゃだめじゃない」

「でもね、きゅうりはイボイボだし、トマトはすっぱくてきらい、ピーマンはにがいし、ごぼうは土みたいで一番いや」

「あー、なすだってきゅうりだって食べさせたいのに、タイガったらどんなに小さくきってもよけちゃうんだから」

とママ。

毎日はりきって料理《りょうり》を作ってくれたママがだんだんやる気をなくしてしまい、おかずがスーパーのおそうざいばかりとなりました。

料理好《りょうりず》きだったママの機嫌《きげん》はすっかり悪《わる》くなり家のなかは最悪《さいあく》。

まだ幼《おさな》いタイガはママの機嫌《きげん》が悪《わる》くなった理由《りゆう》がわからず、シュンとしています。

日替《ひが》わりで出てくるスーパーのおそうざいはそれなりにおいしいけれど、本当はママの料理《りょうり》のほうがずっとおいしい。だけどママの機嫌《きげん》はなかなか直らず、いつの間にか季節《きせつ》も変《か》わってしまいました。

いよいよ限界《げんかい》となったパパとシズカは、この状況《じょうきょう》を変《か》える
ため、いっしょに作戦《さくせん》を考えることにしました。

季節《きせつ》は夏から秋になっていました。

パパとシズカは相談《そうだん》して、近所《きんじょ》の畑《はたけ》をかりて野菜《やさい》を育《そだ》てよ
うと決《き》めました。

「いまから種《たね》まくなら、ごぼうがいいな」

とパパ。

「ごぼう？　いいね」

とシズカ。

パパとシズカは何かの種《たね》をまきました。

「さあ水やりにいくぞ、おいしいものがだんだん育《そだ》ってきたぞ」

シズカとタイガは毎日水やりに畑《はたけ》までかよいます。いつもけんかばかりしていましたが、二人で仲良《なかよ》く育《そだ》てました。

二ケ月ほどたったある日、五十センチもある青々とした立《りっ》派《ぱ》な葉《は》っぱが開《ひら》きました。

その葉《は》っぱをお面《めん》にして遊《あそ》んでいると、ママがニコッと笑《わら》いました。

久《ひさ》しぶりに見たママの笑顔《えがお》でした。

しゅうかくの時がやってきました。家族全員《かぞくぜんいん》で長ぐつをはいて畑《はたけ》に行きました。

細くて長いので、ほってもほってもなかなか出てきません。

それでもほってほってやっとのことでしゅうかくしました。

タイガは長いものが何なのかわかりませんでした。

ジャージャーとママがきんぴらにしたり、てんぷらにしてくれたり、たきこみごはんにしたりしてくれました。

「おいしい！　フライドポテトよりずっとおいしい」

ママはそれからとん汁《じる》も作ってくれました。みんなおいしくて、タイガは何杯《なんばい》もおかわりしました。

「ねぇねぇ、このおいしいものは何？」

タイガが聞くと、パパとシズカは口をそろえて、

「それはごぼう」

こんなにおいしいものが大きらいなごぼうだったなんて、タイガは信《しん》じられませんでした。

それからタイガはごぼうもニンジンもなすもきゅうりも少しずつ食べられるようになりました。

ラベンダーの花束《はなたば》

小学四年生のあかりは目が大きくはっきりした顔立ちで、ふわっとカールがかかったかみの、内気なかわいい女の子です。

六月になると、あかりの家の小さな庭《にわ》には、ラベンダーとあじさいがむらさき色の花を咲《さ》かせます。

庭《にわ》に出ると、ラベンダーのさわやかな香《かお》りがいっぱいして、あかりはうれしくなります。

「あーいいにおい、それにあじさいとラベンダーの色合いも最高《さいこう》！」

そこに買《か》い物《もの》から帰ってきたお母さんがやってきて、

「あかり、今年はこのラベンダーでラベンダースティックを作りましょうね」

「ラベンダースティックって何？」

「ラベンダースティックってね、ラベンダーをかわかして茎《くき》や花をリボンで編《あ》みあげたかわいいかざりものなのよ。あかりもきっと気に入ると思うわ。それにとってもやさしい香《かお》りがするのよ。お母さんの香水《こうすい》よりもいい香《かお》りよ」

お母さんとあかりはラベンダースティックを作るため、気にいったリボンを手芸店《しゅげいてん》で選《えら》びました。

日曜日の朝、お母さんと二人でラベンダーをかり取《と》っていると、同じクラスの正太が通りかかりました。

「いいにおいだね」

「ラベンダースティック作るの。正太くんに作ってあげようか？」

と思わず言ってしまいました。

正太はちょっと困《こま》った顔をしました。

「正太くん、どこいくの？」

「サッカーの朝練《あされん》の帰り！」

正太はそんなに背《せ》は高くないけれど、勉強《べんきょう》がよくできて、サッカーチームのエースで、明るいのでクラスの人気者《にんきもの》です。

あかりは前から正太のことをいいなと思っていました。けれどもまだ話をしたことがありませんでした。

あかりはお母さんに教わりながら一生懸命《いっしょうけんめい》スティックを作りました。

朝つみしたラベンダーの葉《は》をとってたばねます。

「本数は奇数《きすう》にしてね」

お母さんが言いました。

「きすうってなんだっけ？」

「あら？　まだ　習《なら》ってなかったっけ？　1、3、5……が奇数。2、4、6、8、10、って2で割《わ》り切れるのが偶数《ぐうすう》よ」

お母さんが教えてくれました。

あかりはきっと正太なら知っているような気がしました。

「穂《ほ》をそろえたら、一本おきに編《あ》んでくの。クルリクルリと通して、きつめにね。そうしたら大きなツクシンボみたいになるの」

あかりはていねいにていねいに編《あ》んでいきました。穂《ほ》が全《ぜん》部《ぶ》巻《ま》けた時、まるで妖精《ようせい》のステッキのようになりました。

「わーかわいい。魔法《まほう》のステッキだ」

お母さんは残《のこ》った茎《くき》を集《あつ》めて袋《ふくろ》に入れます。

「ほーら、におい袋《ぶくろ》よ。このままお風呂《ふろ》に入れてもいいの」

あかりはラベンダーってすごいなぁと思いました。

いつも正太が着《き》ている服《ふく》は水色が多かったので、水色のリボンを選《えら》びました。

「お母さん、あのね、これ、一番上手にできたの正太くんにあげたいんだ」

「あら、いいわね。あの子、中学は私立《しりつ》に行くんだってね。正太くんのお母さんとスーパーで会った時そんなこと言ってたわよ」

「そうなんだ……」

あかりはその晩《ばん》ベッドのわきにピンクと水色の二本のスティックをさして眠《ねむ》りました。

正太と中学ははなればなれになってしまうと思ったら、さびしくなりました。

やっと話ができたのに、中学は別々《べつべつ》になってしまうのです。

でも、もしこのスティックをあげたら、私《わたし》の夢《ゆめ》を見てくれるかな?といろいろ考えてしまいましたが、ラベンダーのやさしい香《かお》りがぐっすりと眠《ねむ》らせてくれました。

あかりは、自分の好《す》きな色のピンクのリボンで作ったスティックを正太にあげようと思いました。

一時間目の休み時間も、二時間目も正太はだれかといてあげられなくて、三時間目の休み時間にやっと渡《わた》せました。

「あんなものあげてよろこんでくれたかな？」と思いました。

正太はちょっと顔を赤くして受《う》け取《と》りました。

次の日の休み時間に正太はサッカーボールをかかえてあかりのそばを通りました。

「ありがとう。いいにおいだったよ。なんだかよく眠《ねむ》れたよ。うちのお母さんが作り方教えてって言ってた」

「うん。正太くん、こんど勉強《べんきょう》教えて」

あかりは学校に行くのが楽しくなり、スキップして登校《とうこう》するようになりました。
あかりのベッドのわきに正太の好《す》きな水色のスティックをさしてあるのはひみつです。

一房《ひとふさ》のバナナ

四年一組の教室で、ユウキはいつも一人ぼっちでした。

休み時間はだまって本を読み、学校から帰る時も、みんなは楽しそうでしたが、ユウキはとぼとぼと一人で歩いて帰りました。だれかと遊《あそ》ぶ約束《やくそく》をすることもありませんでした。

「こんどいっしょに帰っていい？」

思い切ってとなりの席《せき》のコウタに話しかけました。

するとコウタに、

「ええっ！　むりむり、ユウキは背《せ》も小さいし勉強《べんきょう》もできないし、野球《やきゅう》だってへた。ユウキとは友達《ともだち》じゃないよ」

と言われてしまいました。

ユウキは泣《な》きべそをかきました。

ユウキのお母さんは、ユウキに友達《ともだち》がいないことをいつも心配《しんぱい》していましたが、生まれたばかりの妹の世話《せわ》をしなければならなくてそんなユウキにかまっていられません。

いつものように遊《あそ》ぶ友達《ともだち》もなく、夏休みをすごしていた時、思いがけずお父さんの転勤《てんきん》がきまり、四年一組のみんなにお別《わか》れのあいさつをすることもなく、三重県四日市市《みえけんよっかいちし》へひっこしすることになりました。

近鉄四日市《きんてつよっかいち》駅についてい社宅《しゃたく》に向《む》かうと、プーンとなんだか変なにおいがします。

「このけむりのようなにおいは何？」

とユウキが聞くと、

「ごま油のにおいだよ、工場が近くにあるんだ」

とお父さんが教えてくれました。

「それにしても暑《あつ》いわね」

とお母さんが言いました。

「四日市《よっかいち》は夏は海からの風がふいて暑《あつ》くて、冬は鈴鹿山脈《すずかさんみゃく》から風がふいてとっても寒《さむ》いんだよ。鈴鹿《すずか》おろしというそうだよ」

お父さんの言葉《ことば》を聞いて、ユウキはなんだか心配《しんぱい》になってきました。

新学期《しんがっき》になりました。職員室《しょくいんしつ》に入ると、四年三組の担任《たんにん》の若《わか》い女の藤井《ふじい》先生が迎《むか》えてくれました。

「ユウキくん、初《はじ》めまして！　ユウキくんはこの学校でやりたいことはありますか？」

「はい、野球《やきゅう》をやりたいです。へたくそですけど」

「四日市《よっかいち》は転勤族《てんきんぞく》の町、転校生《てんこうせい》になれてるから心配《しんぱい》せんでええよ」

ユウキが教室に入るとすぐ背《せ》の高い子が話しかけてくれま

した。

「おれハヤシ、おれも野球やっとるんや、休み時間にキャッチボールしよに」

ハヤシは明るくてクラスの学級委員《がっきゅういいん》でした。

四年生になって初《はじ》めてできた友達《ともだち》でした。

給食《きゅうしょく》の時間になりました。こんだては、三重県産《みえけんさん》の松阪牛《まつざかうし》のコロッケです。ユウキはそのコロッケのおいしさにびっくりしました。

「みんなで食べるとおいしいや」

にこにこしてユウキが帰ってきました。

「あら、何かいいことあった？」

「うん、友達《ともだち》ができた。休み時間に野球《やきゅう》の仲間《なかま》に入れてもらったんだ」

「よかったじゃない、今日は四日市名物《よっかいちめいぶつ》のトンテキよ。スーパーで作り方教えてもらったの」

「ヤッター、お腹《なか》ペコペコ、ぼくこの町が好《す》きになりそう」

ユウキの言葉《ことば》を聞いて、お母さんはにっこりしました。

ハヤシとキャッチボールをしていると、遠くからずっとこちらを見ている子がいます。背《せ》の小さくて、かわいい顔のタクヤです。ユウキはすぐに仲間《なかま》に入れてあげました。

三人はいつもいっしょです。

夏休みにダンスで有名《ゆうめい》な大四日市《よっかいち》まつりに参加《さんか》するために、さんざん練習《れんしゅう》もしました。どこにでもいっしょに出かけてふざけあう、心がぽっとあたたまる、前の学校にはいなかった仲間《なかま》ができました。

ダンスの練習《れんしゅう》の日に、いっしょにお弁当《べんとう》を食べた時のことでした。

「皆《みんな》デザートにバナナを持ってきてら」

ハヤシが一番先に見つけました。

「本当だ！　笑《わら》える」

とタクヤ。

「偶然《ぐうぜん》だなぁ」

とユウキ。

三人は大笑《おおわら》いしました。


三年の月日が経《た》って楽しい時をすごしている間に中学生になりました。三人は背《せい》くらべをしました。

一番小さかったタクヤはユウキの背《せ》を越《こ》していました。

中学生になっても三人は野球《やきゅう》をつづけました。

ユウキはあいかわらずほけつでしたが、つまらないとは思いませんでした。長身《ちょうしん》から投《な》げおろすピッチャーのハヤシにあこがれていました。タクヤはキャッチャーで、レギュラーでがんばっているので、ユウキはみんなを応援《おうえん》するのが楽しみでした。

四日市《よっかいち》に来て四年、お父さんの転勤《てんきん》で、再《ふたた》び元の町に帰ることになりました。

元の町に帰る日、近鉄線《きんてつせん》の改札《かいさつ》にハヤシとタクヤが見送《みおく》りに来くれました。

レジ袋《ぶくろ》にバナナを一房《ひとふさ》。

ユウキは泣《な》きながらそのバナナを食べました。友達《ともだち》ができて成長《せいちょう》したユウキは、四年前に転校《てんこう》した時の不安《ふあん》はもうありませんでした。

バーガーショップのおじいちゃん

それは、昼近くに雨があがった日曜日の出来事《できごと》でした。お母さんは、部活《ぶかつ》が休みでゲームをしていたコウジを誘《さそ》いました。

「ニコニコバーガー行かない？」

退屈《たいくつ》していたコウジは、お母さんにのこのこついて行くことにしました。ニコニコバーガーの店内で席《せき》に座《すわ》ってフライドポテトをつまんでいたお母さんは、ふと、

「ねぇ、あの窓際《まどぎわ》に座《すわ》ってるおじいちゃん、どっかで見たこ

とあるんだけど、誰《だれ》だっけかなあ？　親子でバーガーショップに来てるのって、なんかかわいいね」

と小声で言いました。

コウジが見ると、八十才くらいのおじいちゃんが、五十才くらいの息子《むすこ》さんらしき男の人と向《む》かい合《あわ》せで、ハンバーガーを食べていました。

その姿《すがた》はなんだかとてもほほえましく見えました。

「あれ？　うちの中学の用務員《ようむいん》さんに似《に》てるなぁ？」

「コウちゃん、八十になったお母さんを、バーガーショップに誘《さそ》ってね」

今日のお母さんは、なんだか、いつもよりはしゃいでいます。

そういえば、お母さんとバーガーショップに来るなんてずいぶん久《ひさ》しぶりだとコウジは思いました。

「あれ、本当にうちの中学の用務員《ようむいん》のおじいちゃんだ！　清掃着《せいそうぎ》じゃなかったからわからなかったんだ」

とコウジは言いました。

「ホントに？」

とお母さんは、びっくりしました。

「山内さん」

とコウジは、そのおじいちゃんに声をかけました。

山内さんは、いつも朝早くから学校周《まわ》りを掃除《そうじ》していました。春には桜《さくら》の花びらを、夏には舞《ま》い上がる土ぼこりを、秋には枯《か》れ葉《は》を片付《かたづ》け、冬には雪かきをしています。ですから、学校はいつもきれいでしたし、山内さんは、みんなに大きな声であいさつもしてくれました。

「おお、港中学《みなと》の学生さんだね？」

おじいちゃんがうれしそうに言いました。

「はい、二年B組カノウコウジです。サッカー部《ぶ》に入っています。いつもありがとうございます」

「ほう、サッカー部《ぶ》か。ところで、部室《ぶしつ》は片付《かたづ》いとるかい？」

「はい、めちゃくちゃです」

「だからサッカー部《ぶ》の成績《せいせき》が悪《わる》いのかな？」

「そうなんですよ、負《ま》けっぱなしで」

と、お母さんが口をはさみました。

「みんながやる気を出すには、部室《ぶしつ》のいらない物《もの》を捨《す》てて、掃除《そうじ》するといいよ」

「親父！　また口出しして。このじいちゃんは何でも掃除《そうじ》に結《むす》びつけるからな」

と息子《むすこ》さんが言いました。

「そうよコウジ、あなたも部屋《へや》の掃除《そうじ》をしたら成績《せいせき》上がるんだからね」

とお母さんが言いました。

「清掃《せいそう》の仕事《しごと》を三十年もやっていると、いろんなことが見えてくるんじゃ」

コウジには、その意味《いみ》がわかりませんでした。

次の日、サッカーの朝練《あされん》の時、コウジはあらためて部室《ぶしつ》の状態《じょうたい》を見つめ直しました。

窓《まど》のガラスが割《わ》れています。泥《どろ》だらけのサッカー雑誌《ざっし》がいろいろな所《ところ》に散《ち》らかっていて、汚《よご》れたユニフォームやタオルも散乱《さんらん》していました。

コウジは、サッカー部《ぶ》のみんなに声をかけて、その日から部室《ぶしつ》の掃除《そうじ》を始《はじ》めました。

割《わ》れた窓《まど》ガラスをガムテープで貼《は》り付《つ》け、雑誌《ざっし》はまとめてビニールテープで結《むす》びました。ユニフォームやタオルを洗濯《せんたく》して、ロッカーに入れました。

「あぁ！　すっかりきれいになったね。なんかやる気でてきたな。みんなもう散《ち》らかすなよ」

「おぉ練習《れんしゅう》、練習《れんしゅう》！」

部員達《ぶいんたち》が次々にグラウンドに出ていきます。

不思議《ふしぎ》なものです。部室《ぶしつ》がきれいだと、そこでミーティングや作戦会議《さくせんかいぎ》もするようになって、練習《れんしゅう》にも身《み》が入るようになりました。

そして、日曜日の朝日中学との試合《しあい》では、初《はじ》めて勝《か》つことができました。

その日、金網《かなあみ》の向《む》こうで、山内さんが応援《おうえん》してくれているのが見えました。コウジは山内さんにガッツポーズをしました。

著者紹介

上田 よう子（うえだ ようこ）

昭和45年１月９日生まれ。千葉県柏市出身。平成４年、鶴見大学文学部日本文学科卒業。４年間の会社員生活を経て、平成８年に結婚。平成10年に男児を出産、現在、東京大学３年生。

幼少時、絵本をたくさん読みきかせたのが、教育効果につながったのではとの思いから、児童文学の勉強をはじめる。

うるさい！　うるさい！

2020年4月8日　第1刷発行

著　者　　上田よう子
発行人　　久保田貴幸

発行元　　株式会社 幻冬舎メディアコンサルティング
〒151-0051　東京都渋谷区千駄ヶ谷4-9-7
電話　03-5411-6440（編集）

発売元　　株式会社 幻冬舎
〒151-0051　東京都渋谷区千駄ヶ谷4-9-7
電話　03-5411-6222（営業）

印刷・製本　中央精版印刷株式会社
装　丁　　杉本桜子

検印廃止

Printed in Japan
ISBN 978-4-344-92774-2 C8093
幻冬舎メディアコンサルティングHP
http://www.gentosha-mc.com/